DATE DUE

El silbido de Juan

de

Lili Ferreirós y Sonja Wimmer

CUENTO
DE LUZ

A todos los Juanes del mundo que nos enseñan a descifrar
el lenguaje del amor, su misterioso y poderoso sentido.

- Lili Ferreirós -

Para mi madre, que sabe silbar mejor que nadie.

- Sonja Wimmer -

El silbido de Juan

© 2013 del texto: Lili Ferreirós
© 2013 de las ilustraciones: Sonja Wimmer
© 2013 Cuento de Luz SL
Calle Claveles 10 | Urb Monteclaro | Pozuelo de Alarcón | 28223 | Madrid | España
www.cuentodeluz.com

ISBN: 978-84-15784-08-1

Impreso en PRC por Shanghai Chenxi Printing Co., Ltd., Marzo 2013, tirada número 1355-3

FSC
www.fsc.org
MIXTO
Papel procedente de
fuentes responsables
FSC® C007923

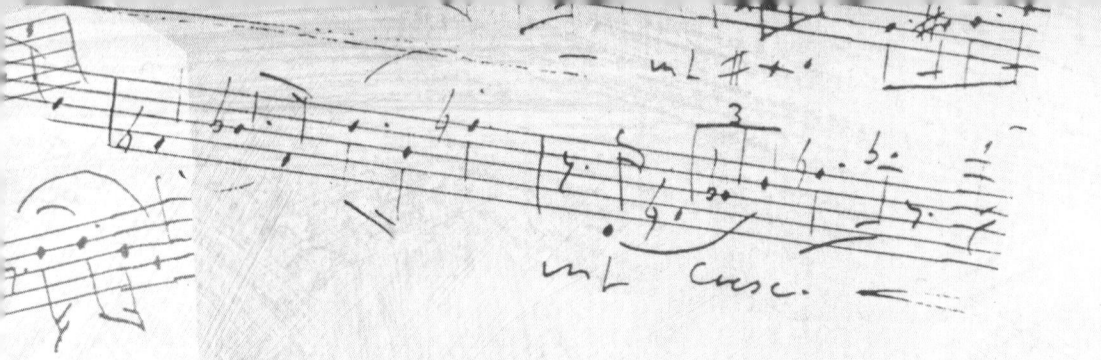

Juan silbaba desde muy pequeño. Sus abuelas y abuelos, sus tíos y tías, los vecinos más cercanos, todos decían que eso venía de lejos, que un antepasado suyo se había hecho famoso por su forma de silbar.

Pero el problema era que Juan, a la edad a la que todos los niños comienzan a hablar, no hablaba: un silbido fue su primera palabra y, a medida que fue creciendo, para pedir lo que deseaba o expresar lo que sentía, solo silbaba.

Poco a poco sus silbidos empezaron a adquirir matices distintos: un silbido suave para llamar la atención, uno más fuerte cuando sentía hambre y otro aún mayor si algo le daba miedo; un silbido gracioso para decir *te quiero* y otro más grueso y filoso para todo lo contrario; silbidos cortos para la pena y silbidos largos y dulces para la emoción…

El tiempo pasaba y el silbo de Juan se convertía en un sutil diccionario de sonidos inventados.

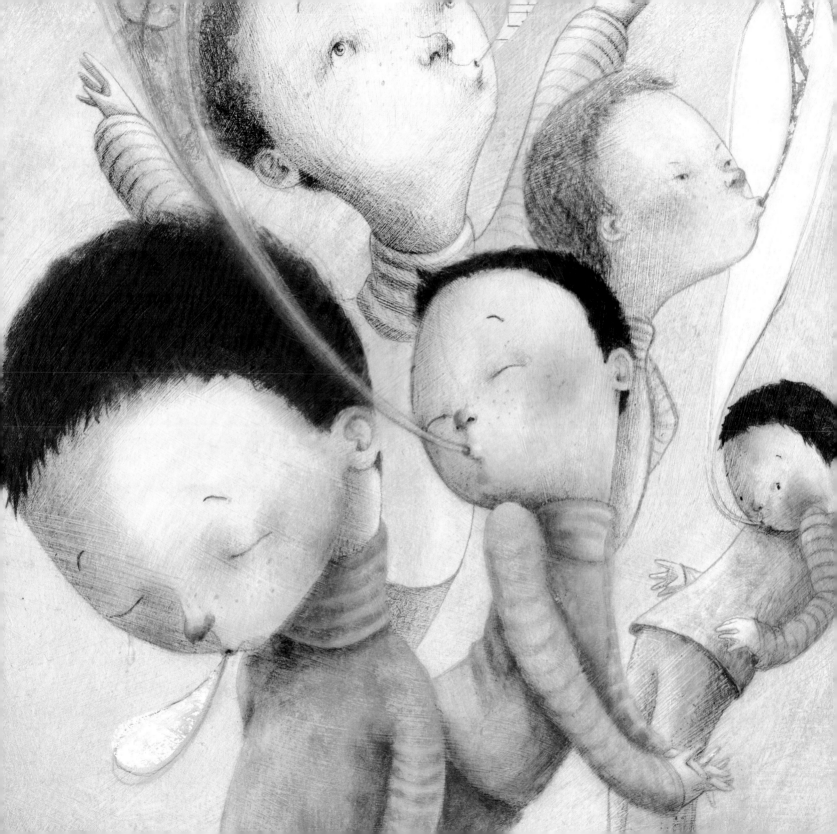

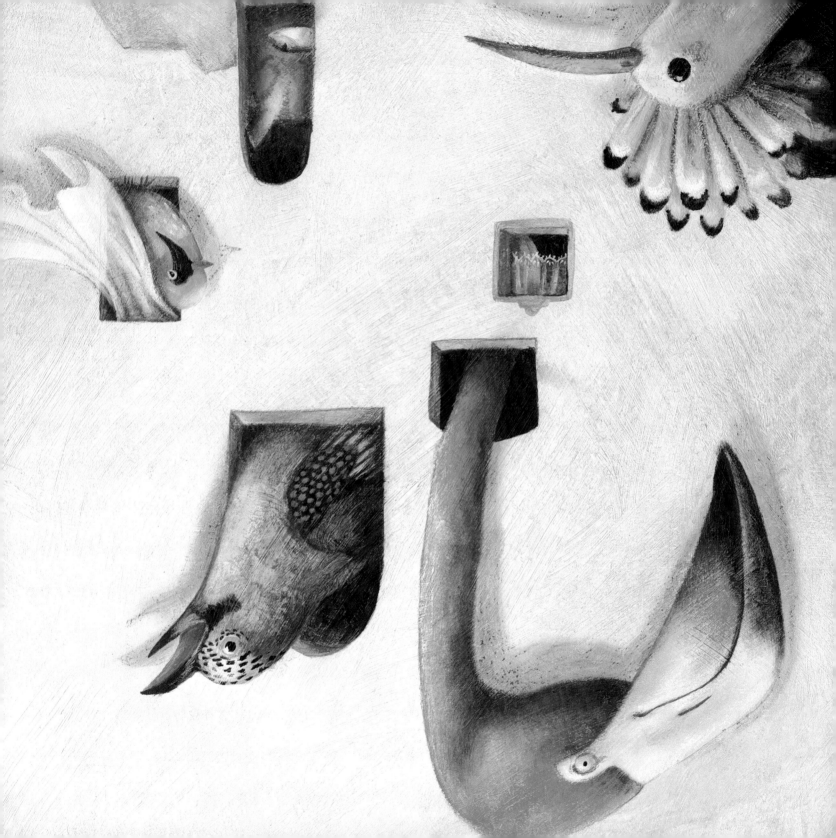

¡Si supieras la cantidad de pájaros que, desde que Juan empezó a silbar, llegaron a su calle, a su casa, a su huerto! Su madre andaba a escobazos todo el día porque no era cuestión de tener en casa tantas aves y, menos aún, que cada una cantara con un canto diferente: a veces parecía que entraban en curiosos diálogos, y otras se transformaban en una orquesta fenomenal...

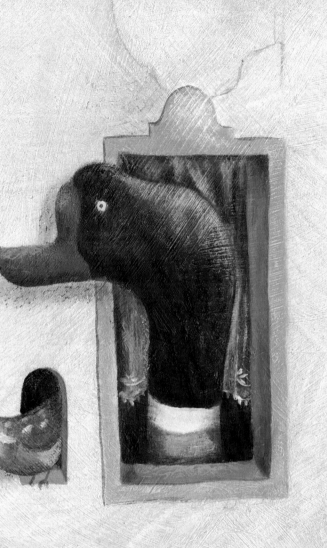

Toda aquella algarabía empezó a fastidiar a la gente del pueblo, excepto a los niños. Al contrario, ellos admiraban a Juan y querían imitarlo. Y es que, cuando el viento bajaba fuerte de lo alto del monte y se enredaba entre los álamos, incluso entonces se escuchaba a lo lejos el silbido de Juan. Su silbido tenía poder. Eso era: tenía poder.

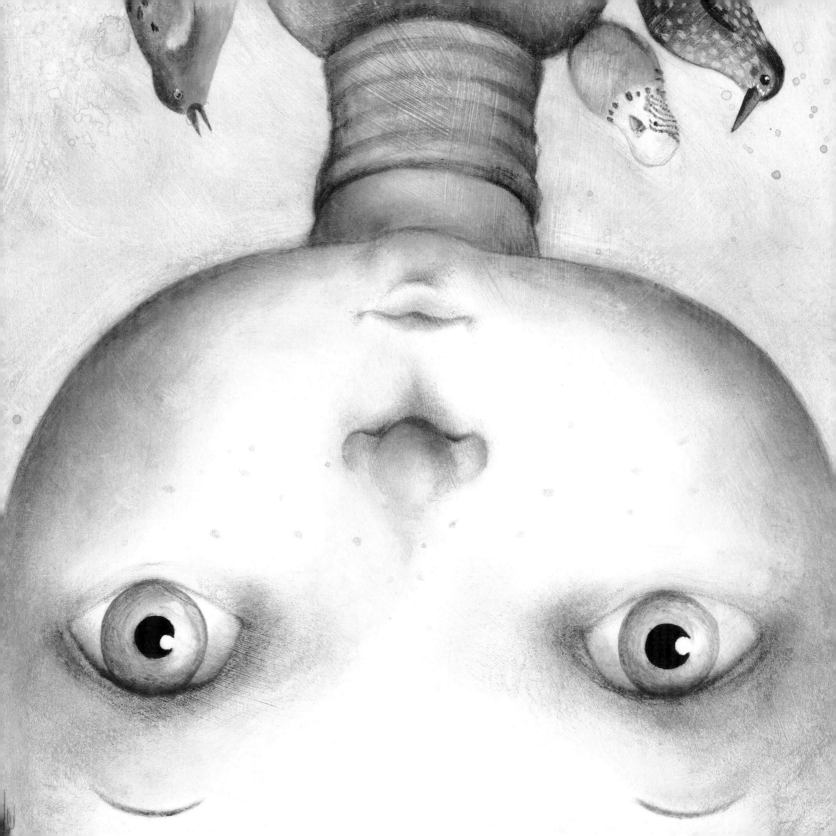

Su madre y su padre deseaban que aprendiera a leer y a escribir, de modo que Juan iba a la escuela y escuchaba. Abría sus enormes ojos, ponía toda su atención y escuchaba. Nadie sabía a ciencia cierta si aprendía o qué aprendía; pero escuchar, escuchaba, y con más interés que nadie.

Sus maestros quedaron cautivos de su ingenua mirada y su maravilloso arte de unir un silbido a cada enseñanza. Porque, si se trataba de un río, a Juan no le importaba ni dónde nacía, ni su extensión, ni su recorrido, ni dónde desembocaba. Él solo oía su voz, la voz del río, para cantarla después como solo él sabía: silbando.

Y si se trataba de los árboles, Juan grababa en su memoria el ondular de las ramas y con su silbido acompañaba aquella hermosa danza.

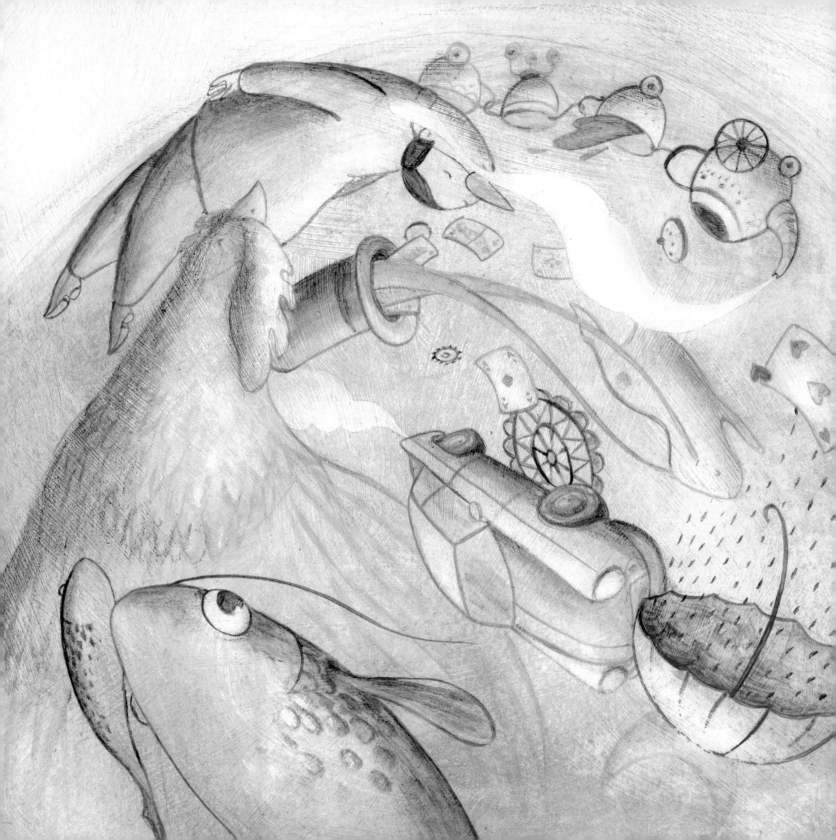

O si, por el contrario, el tema del día era el triángulo equilátero, Juan trazaba en el aire su figura a golpe de silbos y silencios. Con los versos y los relatos era increíble: sus silbos eran ecos que podían conmover hasta las lágrimas o despertar carcajadas.

Así fue como los maestros, al ver que Juan disfrutaba de la enseñanza, mantuvieron su lugar en el aula.

A Taleb lo conoció el día que comenzaban las clases. Lo vio sentado en el pasillo esperando en compañía de un hombre tan oscuro como él. Pronto comprobó Juan que aquel niño de rodillas huesudas y él serían compañeros de curso y… de pupitre.

Al principio, Taleb tampoco hablaba, pero tenía un don natural para el dibujo. Gracias a estos dibujos Juan pudo saber cómo brillaba el desierto, lo linda que era la casa de su nuevo amigo, cuántos hermanos tenía y hasta que le gustaban las aceitunas.

También descubrió Juan que las manos de Taleb escondían música. Todo sucedió el día en el que el maestro decidió contarles de dónde procedía Taleb, cómo la sequía había obligado a su familia a abandonar su casa y que Taleb tocaba el *bendir* como pocos.

El gesto que se pintó en la cara de Juan puso de manifiesto su ignorancia sobre lo que sería un *bendir*; entonces, Taleb empezó a golpear las dos palmas sobre la mesa, primero tímidamente y después… El silbido de Juan no se hizo esperar. Cómplice e irreverente, acabó invitando a todos a aplaudir y a vibrar hasta que la clase se convirtió en una fiesta.

¡Juan y Taleb se volvieron un equipo de veras singular!

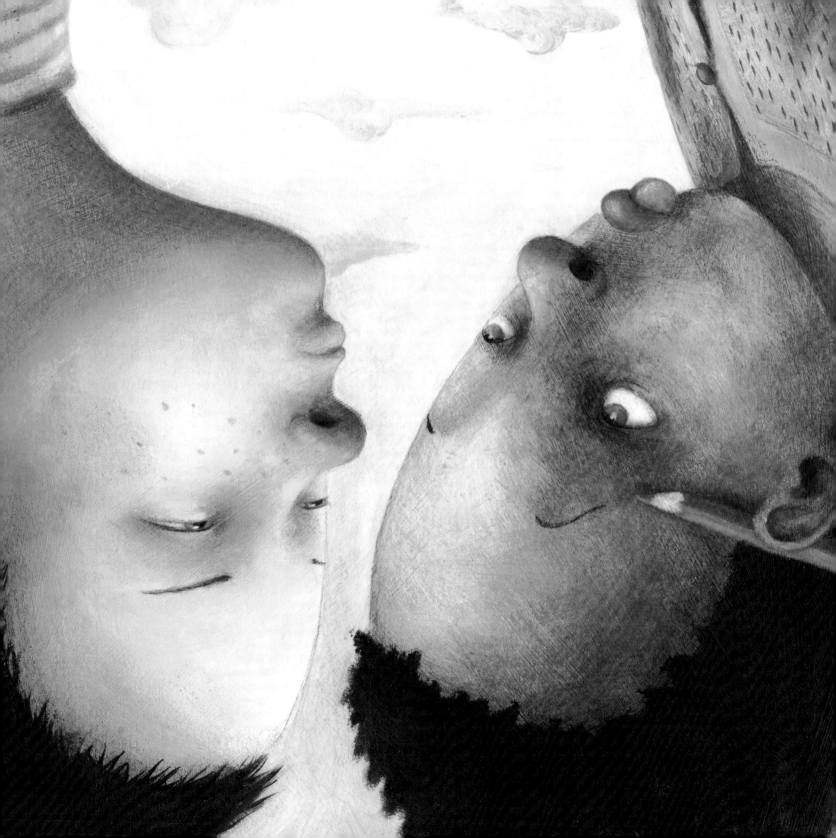

Los dos amigos se volvieron inseparables en la música y en la amistad. Pero un día Juan descubrió que Taleb le dibujaba corazones a Clara, la de los ojos negros como la noche.

Cuando Taleb se dio cuenta de que su amigo conocía su secreto, dejó de dibujar corazones. Juan estaba molesto con su amigo, pero sabía que Taleb no lo hacía con mala intención.

Una mañana de sábado, Clara y Juan se encontraron casualmente en la calle. Clara hizo caer su voz de agua sobre los ojos de Juan pidiéndole que por favor la acompañara al bosque, monte arriba, a buscar una bolsa de castañas. Juan sintió que un arroyo de agua fresca le mojaba la cara. Y, con un tímido gesto, se pusieron en marcha.

Si en su camino encontraban una piedra grande y costaba treparla, Juan extendiendo su mano apretaba con fuerza la de Clara. Si lo que molestaban eran los cardos, su brazo suave la rodeaba por la cintura y la ayudaba a esquivarlos.

El sol se encontraba ya en lo alto del cielo y el calor obligaba a buscar un descanso. Por eso se sumergieron en la sombra del bosque como peces en un lago; y, apenas recuperaron las fuerzas, empezaron a jugar a las escondidas, a desaparecer y a encontrarse. Las risas estallaron e inundaron el bosque.

Entonces Clara quiso probar a esconderse más lejos.
"¿Estará detrás de ese árbol?, pensó Juan.
No estaba.
"¡De aquel!"
No.
"¡De aquel otro!"
Tampoco.

Entonces, Juan, girando sobre sí mismo, intentó silbar para llamarla; pero no pudo. ¡Qué cosa tan extraña! ¿Dónde estaba su silbido? ¿Dónde estaba? Corrió sin control y el miedo empezó a adueñarse de su alma. ¿Clara estaría en peligro? ¿Se habría perdido? Se detuvo en seco y volvió a intentar el silbido. Nada. Sus labios habían decidido no dar respuesta a la llamada.

De repente, Juan escuchó un rumor de hojas secas… y en aquel preciso instante sucedió algo increíble e inesperado: sintió cómo un temporal desconocido nacía de pronto en su garganta.

Entonces, por detrás de un castaño de porte
majestuoso apareció Clara, que corrió hacia
Juan y se fundió con él en un abrazo sin final.

Cuando por fin lo soltó, sus ojos se cruzaron
y no se volvieron a separar.

De la bolsa de castañas nunca más se supo,
pero del silbido de Juan sí.

Cuentan que no se fue del todo, que de
cuando en cuando Juan vuelve a emitir esa
dulce melodía y que, cada vez que silba,
sigue trazando en el cielo el vuelo de un
pájaro. También cuentan que ahora Juan
toca el *bendir* junto a Taleb en la plaza y
que aprendió a silbar el nombre de Clara
de un modo único y extraordinario.